Le lutin trop petit

Brandi Dougherty

Illustrations de Kirsten Richards

Texte français de
Kévin Viala

Éditions
SCHOLASTIC

À Annette, Gina et Nicole
— B.D.

À Scott et Matt, les lutins les plus
espiègles que je connaisse
— K.R.

Catalogage avant publication de Bibliothèque et Archives Canada

Dougherty, Brandi

Le lutin trop petit / Brandi Dougherty ; illustrations de Kirsten

Richards ; texte français de Kévin Viala.

Traduction de : The littlest elf.

ISBN 978-1-4431-2943-5

I. Richards, Kirsten II. Viala, Kévin III. Titre.

PZ23.D678Lut 2013   j813'.6   C2013-901682-1

Édition publiée par les Éditions Scholastic, 604, rue King Ouest, Toronto (Ontario) M5V 1E1.

5 4 3 2 1   Imprimé au Canada   119   13 14 15 16 17

Olivier est un lutin.
Il vit au pôle Nord avec sa famille.
Il y a de nombreux lutins au village
du père Noël, mais Olivier est le plus petit.

Noël approche et Olivier est très impatient.
Cette année, il va enfin découvrir dans quel atelier du père Noël il va travailler.

Fabrique de vélos

Pâtisserie

Librairie

Atelier de jouets

Atelier du
père Noël

Il doit d'abord se rendre dans chaque
atelier pour voir lequel lui convient
le mieux.

Olivier commence par l'atelier de jouets où travaille sa mère. Il essaie de fabriquer des ours en peluche tout doux, mais il disparaît dans un grand tas de mousse!

— Olivier! s'exclame un lutin.

— Je crois que tu es trop petit pour travailler dans l'atelier de jouets, Olivier, dit sa maman. Pourquoi n'irais-tu pas plutôt aider ton père à la fabrique de vélos?

Olivier se rend donc à la fabrique de vélos.
— Je viens vous donner un coup de main! s'exclame-t-il.
Il observe comment les lutins installent les roues, les selles,
les guidons et les sonnettes.

Mais les outils sont trop gros pour les petites mains d'Olivier.
— Tu devrais aller voir ton frère à la pâtisserie, lui dit son père, c'est peut-être là-bas que tu trouveras ta voie.

Olivier se rend donc à la pâtisserie.
Les lutins y préparent des biscuits de Noël et des carrés aux cannes de bonbon!
Olivier remue la pâte à biscuit, lorsqu'un lutin s'écrie :
— Fais attention!

Oups! Le petit Olivier est tombé dans la marmite géante.
— Désolé Oli, mais tu es trop petit pour faire de la pâtisserie, lui dit
son frère. Tu trouveras peut-être ta voie à la librairie!

Olivier arrive donc au dernier atelier du père Noël où travaille sa sœur. C'est ici que les écrivains inventent des histoires formidables et que les artistes dessinent des illustrations merveilleuses.

— Est-ce que je peux vous aider? demande Olivier.

— Oui, avec plaisir! répondent les lutins.

Mais l'encrier n'est pas à sa portée et la pile de papier est très haute...

— Oh! Oli! s'écrie sa sœur.

Faire un livre, c'est plus compliqué et plus salissant que ça en a l'air!

Olivier décide d'aller se promener.
Il est triste.
Au fond de lui, Olivier sait que même
s'il est tout petit, il est capable de faire
quelque chose de spécial.

Soudain, il entend des bruits de sabots dans l'étable. À l'intérieur,
tous les rennes sont rassemblés autour de Puce, la petite dernière du
troupeau. Elle est minuscule, comme Olivier.

Puce a vraiment hâte de faire partie de l'attelage du père Noël.

Elle s'entraîne pour le grand soir.
Elle bondit, elle gambade…

et elle cabriole,

mais elle n'arrive pas
à voler.

Sa maman s'approche et l'embrasse tendrement.
Puce est encore trop petite.

Puce semble très triste.

Olivier voudrait lui remonter le moral. Il fouille dans ses poches en espérant trouver un petit cadeau pour elle, mais il n'a que des babioles provenant de tous les ateliers qu'il a visités. Soudain, il a une idée géniale!

Olivier et Puce se servent de ces petits trésors pour fabriquer des bricoles, des cartes de vœux et des décorations amusantes pour tous les lutins qui travaillent au village.

Le plus petit lutin et le plus petit renne chargent leurs cadeaux dans un traîneau, puis ils s'en vont les distribuer dans tous les ateliers du père Noël. Les lutins adorent leurs petites surprises.

Le père Noël s'approche, curieux de voir ce qui cause tout ce remue-ménage. Il observe Olivier et Puce qui font le bonheur de tous les lutins.

Une idée jaillit alors dans l'esprit du père Noël.
— Olivier et Puce, leur dit-il, vous avez bon cœur et vous savez faire rayonner la magie de Noël! Que diriez-vous d'être mes assistants personnels cette année?

Olivier et Puce ont finalement trouvé leur voie!
Et bien plus encore, une belle amitié est née!